Au bonheur des dames

FichesdeLecture.com

AU BONHEUR DES DAMES (FICHE DE LECTURE)

Au bonheur des dames (Fiche de lecture)

I. INTRODUCTION

L'auteur

Émile Zola est né en 1840 et mort en 1902, c'est un écrivain, journaliste et homme public considéré comme le chef de file du naturalisme. Il est l'un des romanciers français les plus populaires, l'un des plus publiés, traduits et commentés au monde.

Très tôt, il manifeste sa passion pour la littérature. Il lit beaucoup et projette déjà de devenir écrivain. En sixième, il rédige un roman sur les croisades. Il est aussi influencé par des auteurs contemporains, comme Jules Michelet ou encore Balzac.

Ayant échoué au baccalauréat, il est employé aux écritures aux Docks de la douane. Puis il travaille chez Hachette comme commis dans sa librairie. Dès 1863, il écrit dans des rubriques de critique littéraire et artistique de différents journaux, comme « L'Événement », « La Cloche », « Le Figaro ».

Ses romans ont connu de très nombreuses adaptations au cinéma et à la télévision. Sur le plan littéraire, il est principalement connu pour « Les Rougon-Macquart », fresque romanesque en vingt volumes dépeignant la société française sous le Second Empire et qui met en scène la trajectoire de la famille des Rougon-Macquart, à travers ses différentes générations et dont chacun des représentants d'une époque et d'une génération particulière fait l'objet d'un roman.

L'œuvre

« Au Bonheur des Dames » est publié en feuilleton dans le Gil Blas entre la fin 1882 et le début 1883, et en volume chez Charpentier en 1883. Il s'agit du onzième volume de la suite romanesque les « Rougon-Macquart »

À travers une histoire sentimentale à l'issue heureuse, Zola plonge le lecteur dans le monde des grands magasins, l'une des innovations du Second Empire.

II. RÉSUMÉ DU ROMAN

Chapitre I

Nous sommes en octobre 1864, Denise, qui a vingt ans, arrive à Paris avec ses deux frères, Jean, qui a seize ans et Pépé, qui en a cinq, dont elle a la charge depuis la mort de ses parents. Ils ont quitté la Normandie, où elle était vendeuse chez Cornaille, « le premier marchand de nouveautés de la ville ». Elle pense que son oncle Baudu, patron d'un magasin, pourra l'engager, mais les affaires vont mal. Ils apprennent qu'il y a une place de vendeuse au « Bonheur des dames ». Le lendemain, à 7 heures 30, Denise, attend devant le magasin. Elle aperçoit Octave Mouret.

Chapitre II

On découvre progressivement la vie du grand magasin dont le sort repose sur quelques grands produits d'appel comme un tissu de soie, le « Paris-Bonheur », vendu à perte. Beaucoup de vendeurs et de vendeuses, des rayons nombreux, tout un monde très actif où Denise rêve d'être engagée.

Chapitres III, IV et V

Chez Mme Desforges, la maîtresse d'Octave, une société bourgeoise et féminine discute des marchandises offertes. Mouret vient y rencontrer un riche baron qui peut financer les agrandissements qu'il souhaite. Il lui explique ses ambitions.

Lors du grand jour où doit être lancée la soie nouvelle, une marée d'acheteuses vient finalement dissiper les craintes d'Octave. Pendant ce temps, Denise, qui a été engagée, ne parvient pas à s'imposer, victime des avanies de ses collègues. Parfois consolée par son amie Pauline, Denise n'échappe pas aux soucis d'argent. En plus, elle est mal vue de ses supérieurs et sa vie est bien terne, malgré une sortie où elle rencontre Deloche, un amoureux timide.

Chapitres VI à X

À la morte-saison, les employés craignent pour leur emploi et les ambitions s'exaspèrent. Denise est injustement renvoyée, en partie à cause de l'inspecteur Jouve à qui elle s'est refusée. Elle s'installe alors chez le père Bourras, un artisan lui aussi victime de Mouret, lequel convoite sa maison.

Malgré sa situation difficile, Denise défend les méthodes de Mouret qui éprouve un sentiment pour elle. Les agrandissements énormes du Bonheur, qui amènent les Baudu, cousins de Denise, au désespoir, d'autant que leur vendeur, fiancé à la fille de la maison, courtise une vendeuse du Bonheur.

Dans le grand magasin, une débauche de marchandises et de réclames attire une foule considérable, dont quelques voleuses. Denise, réengagée, va devenir « seconde » à son rayon. Au moment de l'inventaire, elle est invitée par Mouret. Cela se sait dans le personnel, mais, contrairement à ce qui se raconte, elle ne cède pas à son patron.

Chapitre XI à XIII

Denise est humiliée en sa présence par la maîtresse en titre de Mouret qui, devant la froideur de son amant, veut lui susciter un concurrent. Octave n'en veut pas à Denise qui, bien qu'elle soit tombée dans un piège, devient la reine du magasin et fait bénéficier le personnel de sa bonté agissante. C'est l'agonie des petits commerçants : morts, fermetures, expulsions, mais peut-être quand même un progrès général.

Chapitre XIV

Le triomphe de Mouret est complet dans un décor de « blanc » éclatant : cent mille clientes (dont une dame convenable prise à voler), un million de recettes dans la journée. Denise va épouser Octave.

III. ÉTUDE DES PERSONNAGES

Denise

C'est la jeune héroïne du récit, elle tient une place essentielle, c'est autour d'elle que Zola organise le roman. « Au bonheur des dames » correspond à son ascension sociale, au début c'est une jeune provinciale débarquant à Paris en pleine crise sociale, sans argent et en ayant ses frères à sa charge. Pauvre et en plein désarroi social elle a décidée d'aller tenter sa chance à la capitale.

À travers son personnage, Zola décrit les dures conditions de travail des vendeuses. Ces dernières sont fatiguées physiquement à cause des déplacements continuels. Le célibat semble être de rigueur, Pauline conseille à Denise de prendre un amant pour faire face à ses problèmes financiers. À force, les vendeuses deviennent immorales, motivées par l'appât du gain puisque leurs salaires sont variables et peuvent atteindre de grandes sommes.

À première vue, Denise ne frappe pas par sa beauté, elle est timide, mal peignée et mal fagotée, mais elle a « un charme secret ». Mouret est le premier à y être sensible, en effet c'est grâce à lui qu'elle est embauchée. Au cours du récit, elle finit par séduire tout le monde. Elle incarne la femme idéale pour Zola, à la fois sœur, épouse et mère, douce et discrète, mais d'une volonté efficace, charmante, mais fort courageuse et surtout pitoyable à toute douleur.

C'est également un modèle de mérite et de vertu, elle contraste avec les bourgeoises vaniteuses ou guindées de l'époque. Attachée à la réussite du magasin, Denise veut humaniser le travail et développe des idées sociales. Elle suscite les jalousies de certains et est renvoyée pour revenir seconde. Alors qu'elle monte socialement grâce à sa place au bonheur, elle est d'une part admirative de la puissance du grand magasin et d'autre part désolée aussi du sort de son oncle Baudu qui représente les petits commerçants. Cette dernière ne cède pas aux avances de Mouret par orgueil, mais finit par accepter sa demande en mariage à la fin.

Octave Mouret

« Justement, mon Octave est excellent. Un garçon sans trop de scrupules, que je ferai honnête relativement dans le succès. Il est bachelier, mais a jeté son diplôme au vent. Il est avec les actifs, les garçons d'action qui ont compris l'activité moderne, et il se jette dans les affaires, avec gaieté et vigueur. Fortune considérable. Ne pas oublier son côté fantaisie dans le commerce, son audace, qui ont séduit Mme Hédouin, plus calme et plus droite. Mais lui laisser son côté femme, sa science de la femme, qui l'a poussé à spéculer sur la coquetterie de la femme ».

Le modèle du personnage d'Octave Mouret est Auguste Hériot, co-fondateur des Grands Magasins du Louvre. C'est le patron du « Bonheur », il incarne la bourgeoisie, après la mort de sa femme, il a hérité du magasin et est devenu un homme riche.

Il a une certaine joie de vivre, intelligent et élégant, il transforme le modeste commerce de sa femme, Mme Hédouin, en « un grand magasin » moderne. Il a de nombreuses liaisons avec des femmes, à travers son comportement avec les clientes, on pourrait penser qu'il voue un culte à la femme. Mais en réalité, il les méprise et les exploite. La séduction des femmes est une stratégie de vente.

Avec les vendeuses du « Bonheur », il est autoritaire et impose les lois de la rentabilité et du profit. Lorsqu'il tombe sous le charme de la vertueuse Denise, on assiste à la revanche de la femme. Il lui propose le mariage à la fin du roman. Ce texte est un des rares dénouements heureux de Zola aux termes d'un affrontement entre les employés et la bourgeoisie.

IV. AXES DE LECTURE

Caractéristiques de la fresque romanesque des « Rougon-Macquart »

En 1867, Zola publie un roman, « Thérèse Raquin », qui, sans en faire partie, annonce le cycle des « Rougon-Macquart », tant par les sujets abordés (l'hérédité, la folie) que par les critiques qu'il suscite : la presse traite en effet l'auteur de « pornographe », d'« égoutier » ou encore de partisan de la « littérature putride ».

Dans Madeleine Férat, récit publié en feuilleton en 1868, apparaissent les deux thèmes dominants de sa gigantesque œuvre à venir, l'histoire naturelle et les questions d'hérédité et l'histoire sociale.

Lorsqu'il décide d'entreprendre sa vaste fresque romanesque, Zola élabore toute une série de réflexions préliminaires. Par souci de méthode, il veut établir un plan général, avant même d'écrire la première ligne. Zola se veut différent de la Comédie humaine de Balzac : « Je ne veux pas peindre la société contemporaine, mais une seule famille en montrant le jeu de la race modifiée par le milieu. [...] Ma grande affaire est d'être purement naturaliste, purement physiologiste ».

Il veut en outre écrire des « romans expérimentaux ». Il affirme que le romancier ne peut plus se contenter de l'observation, mais se doit d'adopter une attitude véritablement scientifique, soumettant le personnage à une grande variété de situations, éprouvant son caractère, faisant apparaître un jeu de relations, de généralités, de nécessités et, surtout, fondant son travail sur une solide documentation.

Le naturalisme de Zola

L'auteur trouve dans une étude du docteur Lucas, « Traité philosophique et physiologique de l'hérédité naturelle » les principes de construction de la famille des « Rougon-Macquart ». Selon Lucas, le processus héréditaire peut aboutir à trois résultats différents : l'élection (la ressemblance exclusive du père ou de la mère), le mélange (la représentation simultanée du père et de la mère), la combinaison (fusion, dissolution des deux créateurs dans le produit).

Zola dresse un arbre généalogique dans lequel il établit des correspondances entre les personnages et les romans. Il prépare ensuite un premier plan de dix romans qui s'inscrivent dans un ordre chronologique. Toute la structure interne des Rougon-Macquart est expliquée par la névrose d'Adélaïde Fouque, dont le père a fini dans la démence et qui, après la mort de son mari, un simple domestique nommé Pierre Rougon, prend pour amant un ivrogne, Antoine Macquart.

La descendance de celle que l'on appelle tante Dide est ainsi marquée par la double malédiction de la folie et de l'alcoolisme que l'on retrouve dans tous les volumes. Ainsi, le docteur Pascal, héros du vingtième et dernier volume (voir le Docteur Pascal), s'effraye en comprenant subitement la tragique destinée de sa famille. C'est le Docteur Pascal, 1893 qui clôt l'ensemble, à la fois parce qu'il en est le dernier roman et parce que son héros, qui effectue des recherches sur l'hérédité, prend l'histoire de sa propre famille comme terrain d'observation.

Aujourd'hui, les théories scientifiques qui fondent les « Rougon-Macquart » sont tout à fait dépassées, mais l'œuvre, elle, reste toujours actuelle, sans doute parce que, au-delà des ambitions scientifiques de son auteur, elle demeure une réalisation considérable sur le plan littéraire.

Une description du commerce sous le Second Empire

La naissance des grands magasins

Le Second Empire correspond à une période d'activité intense, dominée par le développement des affaires financières, industrielles et commerciales. Apparaissent, les grands magasins, ce sont de nouveaux points de vente : les « magasins », les « marchands de nouveautés » qui s'opposaient par leur taille, la profusion des marchandises, la diversité des produits, le nombre des rayons et des employés, au petit commerce, aux « boutiques ».

Ainsi naquirent et se développèrent « Le bon marché » en 1852, « Le Louvre » en 1855, « Le printemps en 1865, "La Samaritaine" en 1869. Zola s'intéressa particulièrement au "Bon marché", fondé par Aristide Boucicau. Cependant l'évolution du commerce n'a pas été aussi régulière et aussi rapide qu'il le décrit dans le roman.

Fidèle à lui-même, l'auteur s'est rendu sur le terrain pour parcourir les rayons du grand magasin, il a interrogé les vendeurs et les clients. Il nous dresse un portrait plein de mouvement, de lumière et de couleurs, mais aussi sur la condition des employés, les acheteuses, l'organisation du magasin, son architecture de fer et de verre.

Au Bonheur des Dames est bien un roman naturaliste qui présente l'ensemble du grand magasin, son organisation, la vente et la clientèle. Descriptif, le texte est aussi narratif : c'est à travers le regard et les rencontres entre des personnages que nous découvrons l'univers du grand magasin. Pour faire l'économie de descriptions massives, Zola recourt à la psychologie en action et utilise le point de vue de Denise dont il livre les sentiments.

Les petits commerçants contre les grands magasins

L'un des thèmes majeurs de l'œuvre est la guerre sans merci entre le petit et le grand commerce. La vie de ce magasin de nouveautés, l'attirance fascinante qu'il exerce sur les femmes, montre l'expansion des grandes entreprises au détriment des petits commerçants.

Il décrit aussi les nouvelles techniques de vente, comme la réclame ou la baisse des prix. Le livre de Zola pénètre en effet dans la logique des méthodes capitalistes dont participe l'usage intensif de la publicité et l'agencement des produits dans un désordre étudié qui est facteur d'agitation, de cohue fécondes.

Car s'il y a exploitation des clients, ce n'est pas contre leur gré et c'est peut-être en leur faveur puisque les prix bas, l'accessibilité de tous les objets animent une consommation fiévreuse qui satisfait des besoins ou des envies. S'engage alors une croissance irrésistible qui inonde Paris de marchandises et de richesses, transforme les maisons et les rues.

Zola énumère en permanence toutes les étoffes disponibles, les dentelles précieuses, les draps, les soies, les manteaux, les gants, la mercerie, le tout dans un « déballé » qui rappellera le Ventre de Paris et ses pavillons, les Halles gargantuesques du début du cycle. Le grand magasin devient ainsi progressivement une sorte de monde machine, aux mille échanges et aux mille détours, une ville dans la ville, peut-être un rêve totalisant ou totalitaire : tous les produits, tous les services y sont concentrés dans un même lieu, pour une fête de la marchandise très païenne.

Le roman décrit deux milieux sociaux, la bourgeoisie incarnée par Mouret et les employés représentés par Denise. Finalement et fait rare, cette opposition entre le riche patron et l'employée pauvre aboutit à l'union des deux personnages.

Un roman d'amour

Mouret est un personnage emblématique, symbole de son temps, plein d'idées et à l'esprit d'innovation. Avec lui, Zola fait du roman le "poème de l'activité moderne ». Tout en sachant exercer son autorité, même s'il laisse certaines basses besognes à ses sous-chefs, Mouret prend en compte les intérêts et les passions de ses subordonnés en voulant perfectionner le fonctionnement du système. Cela n'exclut toutefois pas le renvoi de certains employés, ce qui montre la sensibilité de Zola à la question de la précarité de l'emploi.

Face à Mouret, Denise n'est pas la fille facile des romans sentimentaux. Au contraire, modèle de mérite et de vertu, cette femme moderne et active contraste avec les bourgeoises vaniteuses ou guindées de l'époque et avec les provinciales à la vie étriquée. Attachée à la réussite du magasin, Denise entend humaniser le travail et développe des idées sociales. Elle est au centre de tous les éléments du récit. Elle suscite les jalousies de certains et est renvoyée pour réapparaître ensuite. Fascinée par la puissance du grand magasin qui incarne la vie et la lumière, elle se désole aussi du sort de son oncle Baudu.

Avec Denise comme personnage central, "Au Bonheur des Dames" peut être considéré comme un roman d'amour. Mouret veut faire de Denise sa maîtresse soumise. Or il en découvre peu à peu les charmes et les qualités, facilite sa promotion et finit par l'épouser. C'est donc, en quelque sorte, la revanche de Denise qui débarque sans le sou de la gare Saint-Lazare au début du roman.

Ainsi, le roman prend une dimension édifiante : une jeune fille modeste et méritante épouse son patron après plusieurs mises à l'épreuve. À la fin, les deux personnages gagnent en charme et en humanité, tandis que la vente du Blanc exprime l'apothéose du magasin...

Le règne de la marchandise n'a pas exclu le succès de l'amour comme dans les scénarios de romans-photos. Denise est pleine de bons sentiments et Zola parle à son sujet "d'humanitairerie". Elle rêve de philanthropie et d'harmonie sociale au bénéfice des employés, à l'image d'un certain paternalisme des dirigeants d'entreprise de l'époque.

Dans la même collection en numérique

Les Misérables
Le messager d'Athènes
Candide
L'Etranger
Rhinocéros
Antigone
Le père Goriot
La Peste
Balzac et la petite tailleuse chinoise
Le Roi Arthur
L'Avare
Pierre et Jean
L'Homme qui a séduit le soleil
Alcools
L'Affaire Caïus
La gloire de mon père
L'Ordinatueur
Le médecin malgré lui
La rivière à l'envers - Tomek
Le Journal d'Anne Frank
Le monde perdu
Le royaume de Kensuké
Un Sac De Billes
Baby-sitter blues
Le fantôme de maître Guillemin
Trois contes
Kamo, l'agence Babel
Le Garçon en pyjama rayé
Les Contemplations

Escadrille 80

Inconnu à cette adresse

La controverse de Valladolid

Les Vilains petits canards

Une partie de campagne

Cahier d'un retour au pays natal

Dora Bruder

L'Enfant et la rivière

Moderato Cantabile

Alice au pays des merveilles

Le faucon déniché

Une vie

Chronique des Indiens Guayaki

Je voudrais que quelqu'un m'attende quelque part

La nuit de Valognes

Œdipe

Disparition Programmée

Education européenne

L'auberge rouge

L'Illiade

Le voyage de Monsieur Perrichon

Lucrèce Borgia

Paul et Virginie

Ursule Mirouët

Discours sur les fondements de l'inégalité

L'adversaire

La petite Fadette

La prochaine fois

Le blé en herbe

Le Mystère de la Chambre Jaune

Les Hauts des Hurlevent

Les perses

Mondo et autres histoires

Vingt mille lieues sous les mers

99 francs

Arria Marcella

Chante Luna

Emile, ou de l'éducation

Histoires extraordinaires

L'homme invisible

La bibliothécaire

La cicatrice

La croix des pauvres

La fille du capitaine

Le Crime de l'Orient-Express

Le Faucon malté

Le hussard sur le toit

Le Livre dont vous êtes la victime

Les cinq écus de Bretagne

No pasarán, le jeu

Quand j'avais cinq ans je m'ai tué

Si tu veux être mon amie

Tristan et Iseult

Une bouteille dans la mer de Gaza

Cent ans de solitude

Contes à l'envers

Contes et nouvelles en vers

Dalva

Jean de Florette

L'homme qui voulait être heureux

L'île mystérieuse

La Dame aux camélias

La petite sirène

La planète des singes

La Religieuse

1984 A l'Ouest rien de nouveau

Aliocha

Andromaque

Au bonheur des dames

Bel ami

Bérénice

Caligula

Cannibale

Carmen

Chronique d'une mort annoncée

Contes des frères Grimm

Cyrano de Bergerac

Des souris et des hommes

Deux ans de vacances

Dom Juan

Electre

En attendant Godot

Enfance

Eugénie Grandet

Fahrenheit 451

Fin de partie

Frankenstein

Gargantua

Germinal

Hamlet

Horace

Huis Clos

Jacques le fataliste

Jane Eyre

Knock

L'homme qui rit

La Bête humaine

La Cantatrice Chauve

La chartreuse de Parme

La cousine Bette

La Curée

La Farce de Maitre Pathelin

La ferme des animaux

La guerre de Troie n'aura pas lieu

La leçon

La Machine Infernale

La métamorphose

La mort du roi Tsongor

La nuit des temps

La nuit du renard

La Parure

La peau de chagrin

La Petite Fille de Monsieur Linh

La Photo qui tue

La Plage d'Ostende

La princesse de Clèves

La promesse de l'aube

La Vénus d'Ille

La vie devant soi

L'alchimiste

L'Amant

L'Ami retrouvé

L'appel de la forêt

L'assassin habite au 21

L'assommoir

L'attentat

L'attrape-coeurs

Le Bal

Le Barbier de Séville

Le Bourgeois Gentilhomme

Le Capitaine Fracasse

Le chat noir

Le chien des Baskerville

Le Cid

Le Colonel Chabert

Le Comte de Monte-Cristo

Le dernier jour d'un condamné

Le diable au corps

Le Grand Meaulnes

Le Grand Troupeau

Le Horla

Le jeu de l'amour et du hasard

Le Joueur d'échecs

Le Lion

Le liseur

Le malade imaginaire

Le Mariage de Figaro

Le meilleur des mondes

Le Monde comme il va

Le Parfum

Le Passeur

Le Petit Prince

Le pianiste

Le Prince

Le Roman de la momie

Le Roman de Renart

Le Rouge et le Noir

Le Soleil des Scortas

Le Tartuffe

Le vieux qui lisait des romans d'amour

L'Ecole des Femmes

L'Ecume Des Jours

Les Bonnes

Les Caprices de Marianne

Les cerfs-volants de Kaboul

Les contes de la Bécasse

Les dix petits nègres

Les femmes savantes

Les fourberies de Scapin

Les Justes

Les Lettres Persanes

Les liaisons dangereuses

Les Métamorphoses

Les Mouches

Les Trois mousquetaires

L'étrange cas du Dr Jekyll et de Mr Hyde

L'Ile Au Trésor

L'île des esclaves

L'illusion comique

L'Ingénu

L'Odyssée

L'Ombre du vent

Lorenzaccio

Madame Bovary

Manon Lescaut

Micromégas

Mon ami Frédéric

Mon bel oranger

Nana

Ne tirez pas sur l'oiseau moqueur

Notre-Dame de Paris

Oliver twist

On ne badine pas avec l'amour

Oscar et la dame rose

Pantagruel

Le Misanthrope

Perceval ou le conte du Graal

Phèdre

Ravage

Roméo et Juliette

Ruy Blas

Sa Majesté des Mouches

Si c'est un homme

Stupeur et tremblements

Supplément au voyage de Bougainville

Tanguy

Thérèse Desqueyroux

Thérèse Raquin

Ubu Roi

Un Barrage contre le Pacifique

Un long dimanche de fiançailles

Un secret

Vendredi ou la vie sauvage

Vipère au poing

Voyage au bout de la nuit

Voyage au centre de la terre

Yvain ou le Chevalier au lion

Zadig

À propos de la collection

La série FichesdeLecture.com offre des contenus éducatifs aux étudiants et aux professeurs tels que : des résumés, des analyses littéraires, des questionnaires et des commentaires sur la littérature moderne et classique. Nos documents sont prévus comme des compléments à la lecture des oeuvres originales et aide les étudiants à comprendre la littérature.

Fondé en 2001, notre site FichesdeLectures.com s'est développé très rapidement et propose désormais plus de 2500 documents directement téléchargeables en ligne, devenant ainsi le premier site d'analyses littéraires en ligne de langue française.

FichesdeLecture est partenaire du Ministère de l'Education du Luxembourg depuis 2009.

Plus d'informations sur www.fichesdelecture.com

Notes :